AF277261

Rado Molina

Cronos 2022

Deep

Sumario

Brevísima presentación   9

Parte I: Viral   11

1. El Video   13

2. Trending   15

3. Comments   17

4. Live   19

5. Offline   21

6. Hospital   23

7. Drafts   25

8. Delete   27

9. 404   29

Parte II: Analog   31

10. Barcelona   33

11. Búsqueda   35

12. Loop   37

13. Flashback 43

14. Calles 45

15. Plaza 47

16. Puerto 49

17. McDonald's 51

18. Noche 53

19. Manuscrito 55

20. Return 57

Parte III: Reset 59

21. Reading 61

22. Truth 63

23. Keywords 65

24. El contrato 67

25. La portada 69

26. Lanzamiento 71

Glitch 73

Brevísima presentación

En **Deep**, los personajes descubren que sus experiencias se han convertido en material de intercambio. María enfrenta una violencia que transforma su identidad en contenido consumible. Ernesto ve una oportunidad definitiva. Teresa busca defenderse del caos viral sin replicar lo que combate. Margot vive entre la intimidad digital y la distancia física.

La Editorial se revela como el espacio donde se negocia la transformación del dolor en mercancía cultural. Los personajes ya no pretenden mantenerse a flote; necesitan determinar si sus vidas les pertenecen o si han pasado a ser propiedad de quienes saben explotarlas mejor.

Parte I: Viral

1. El Video

Barcelona: 5:47 AM
El teléfono vibró contra la mesita de noche como una avispa atrapada.

María abrió un ojo. La pantalla brillaba con 47 notificaciones de **Instagram,** 23 de WhatsApp, y 15 llamadas perdidas de Teresa. El corazón se le disparó antes de entender por qué.

Nunca hay buenas noticias a las 5:47 **AM.**

Deslizó el dedo hacia arriba. El primer mensaje era de su prima en Miami:

—María, dime que esa no eres tú.

Un link. Un video. 2,3 millones de visualizaciones.

Sus dedos temblaron al tocarlo.

La pantalla se llenó de piel. De gemidos. Una habitación que reconoció al instante: la de Margot, con esa pared azul turquesa que tanto le gustaba meter en sus stories.

Era ella. Era Margot. Era real.

Pero eso no había pasado.

Brooklyn: 11:20 PM (la noche anterior)
Ernesto estaba sentado en un cuarto alquilado a un amigo en Williamsburg cuando su teléfono vibró en la mesita de noche.

—¿Peter? Son las... doce de la noche —Peter era su agente literario.

—Ernesto, tienes que ver esto. Te estoy mandando un link. ¿Conoces a estas dos?

@CubanLeaks #CubanLesbians #Barcelona #Leaked
3.847 comentarios • 12.439 shares • 47.293 likes
Una pausa.

—¿En serio? No, no he visto nada... Claro que las conozco, pero...

María se levantó de golpe. La sangre se le fue a los pies. El video duraba 3 minutos y 22 segundos. Cada segundo era perfecto. Cada gemido sonaba real. Sus caras, sus cuerpos, hasta el lunar pequeño de su hombro izquierdo.
Real.
Y falso.

2. Trending

Barcelona: 6:15 AM
#CubanLesbians era trending topic en España.
María se había vestido en piloto automático: jeans, camiseta negra, zapatillas. Las manos todavía le temblaban.
Caminó hasta la cocina. Necesitaba café. Necesitaba pensar.

Nueva York: 12:20 AM
En Nueva York, Ernesto miraba su teléfono que no paraba de vibrar con mensajes de Peter. No los iba a leer. Todavía no.
Puso la cafetera italiana y abrió **Twitter**.
Error.
En **Twitter** era peor.
El video original había sido eliminado, pero había capturas, memes, hilos interminables. Alguien había abierto una cuenta falsa como si fuese María. Otra persona vendía «contenido exclusivo» de ella.
hilo: Todo lo que sabemos sobre las protagonistas del #CubanLesbians
1/47 María Fernández, cincuenta y tres años, periodista exiliada de Cuba...
Su biografía completa. Sus artículos. La revista donde trabajaba. El barrio donde vivía en Barcelona.
Todo.
Le temblaron las manos. El café se derramó sobre el mármol blanco de la cocina.
Su teléfono sonó. Un número desconocido.
—¿María Fernández?
—¿Quién es?

—Soy periodista de *El Periódico*. Queremos hacerle unas preguntas sobre el video que está circulando...

Colgó.

De inmediato sonó otra vez. Otro número.

—¿María? Soy de *La Vanguardia*...

3. Comments

Barcelona: 6:45 AM

Margot llevaba despierta desde las 3 **AM**.

No por el video. Margot siempre se despierta a las 3 **AM** desde hace seis meses, desde que su cuenta de **Instagram** había perdido 50.000 seguidores por una polémica con el 11J que nunca terminó de entender del todo.

Estaba en su cama, scrolleando en piloto automático, cuando vio su cara.

Su cara fingiendo un orgasmo con María y nunca habían follado.

Se levantó de golpe. Luna, su gata siamesa, saltó asustada de la cama.

Margot tocó la pantalla para pausar el video, pero ya era demasiado tarde. Ya lo había visto completo. Ya sabía que era imposible.

Pero también vio que era perfecto.

Como si alguien hubiera grabado sus fantasías más secretas y las hubiera subido a internet.

Le tomó exactamente 12 minutos poder explicar por qué era un deepfake:

La calidad era demasiado buena para ser amateur.

Los movimientos de labios no sincronizaban perfectamente con los sonidos.

Había algo en las sombras que no encajaba con la hora del día que mostraba su ventana.

Pero sobre todo: conocía a María. Y María jamás habría permitido que la grabaran así.

Nueva York: 12:55 AM

El teléfono de Ernesto vibró con un mensaje de Peter:

—¿Has visto los números? Esto puede ser grande.

Leyó los comentarios. Dos veces.

La mulata está muy buena

¿Alguien tiene más de ellas?

Son pareja de verdad o solo fue por el video?

Y después, los que sabían quiénes eran:

Margot Ruiz, la influencer cubana que perdió los papeles

Esta es la que decía que Díaz-Canel era un machista

4. Stories

Barcelona: 7:20 AM

Margot se había levantado temprano para ir al gimnasio cuando vio las 23 llamadas perdidas de María.

Su primer instinto fue llamarla, pero algo le hizo abrir **Instagram** primero.

#CubanLesbians estaba en trending.

Vio el video una vez. Luego lo vio de nuevo. Luego vio los comentarios, siguió los hilos de **Twitter.**

El video había aparecido primero en una cuenta anónima de **Telegram** a las 3:00 **AM**, había saltado a **Twitter** a las 4:00, luego a **Instagram** a las 5:00. Alguien muy hábil había orquestado el lanzamiento para maximizar el impacto en diferentes zonas horarias.

Alguien que conocía mucho a María.

Viñeta azul - 7:40 AM

En la cocina de María, el café seguía goteando.

La cafetera siseaba en el fogón, olvidada.

Nadie la había apagado.

El olor a quemado empezaba a llenar el apartamento.

El detector de humo todavía no había saltado.

4. Live

Barcelona: 7:45 AM
María se había duchado con agua fría. Se vistió y maquilló por costumbre.
Pero no tenía ningún lugar adonde ir.
Su editora la había llamado para «discutir la situación».
Su prima para preguntar si necesitaba un abogado.
Peter había llamado a Ernesto preguntando sobre la «calidad técnica impresionante» del deepfake. Estaban hablando cuando María apareció en **Zoom** desde Barcelona, en crisis total.
Ernesto le colgó a Peter.
—¿Qué carajo es esto? —le preguntó a María.
Cuando ella le explicó que el video era falso, él respondió:
—Pero está muy bien hecho.
—Muy bien hecho.
—Como el trailer de una película.
Ahora María estaba sola en la cocina, mirando su teléfono. 52.847 seguidores nuevos. Los números seguían subiendo como el marcador de una máquina tragaperras.
Abrió **Instagram** Stories.
Sin pensarlo, tocó el botón de «En vivo».
De inmediato, empezaron a conectarse personas. Primero 10, luego 50, luego 200.
—Hola —dijo María, mirando a la cámara—. Soy María. Supongo que ya saben por qué estoy aquí.
Los comentarios empezaron a llover:
¿Es real el video?
Estás buenísima
¿Dónde está Margot?"
Puta

Reina

—El video es falso —dijo María—. Es un deepfake. Nunca pasó lo que se ve ahí.

Claro que dices eso
Todas dicen lo mismo
Se nota que es real
500 personas viendo.

—¿Saben lo que es vivir en un país donde no puedes decir lo que piensas? —continuó María—. Salí de Cuba para escapar de eso. Y ahora resulta que pueden inventar cualquier mentira sobre cualquier persona y subirla a internet.

800 personas.

Drama queen
»Victimizándose
La amo
1.200 personas.

María se levantó y fue al baño. El teléfono en la mano, la cámara siguiéndola.

—¿Saben qué voy a hacer?

Abrió el botiquín. Sacó un frasco de pastillas.

No hagas eso
Para el live
Que alguien llame a la policía
Fake
¡MARÍA NO!

1.847 personas viendo cómo María abría el frasco de Lexapril.

5. Offline

Barcelona: 8:00 AM
Teresa subía las escaleras de tres en tres cuando oyó la voz de María a través de la puerta.

Estaba hablando.

Tocó el timbre insistentemente.

—¡María! ¡María, abre!

Nada.

La voz siguió. Más alta ahora. Más alterada.

Teresa tenía unas llaves que María le había dado hace años, «por si acaso». Las usó.

Entró corriendo, con el live abierto en su propio teléfono.

María estaba en el baño, con el teléfono en una mano y un frasco de pastillas en la otra. La pantalla mostraba 1.986 personas viendo.

—María, para.

—No —respondió María sin apartar la vista de la cámara—. Ya no puedo parar.

Teresa se acercó despacio, como quien se acerca a un animal herido.

—Dámelo —dijo, extendiendo la mano hacia el teléfono.

—¿Sabes cuántas personas están viendo esto? —preguntó María—. Más de las que leyeron mis artículos en toda mi vida.

Están las dos
Se van a besar
Esto es real

—María...

Teresa se abalanzó sobre ella y le quitó el teléfono.

La pantalla se volvió negra.

6. Hospital

Barcelona: 2:00 PM

La sala de espera del Hospital Clínic olía a desinfectante y café malo.

Teresa llevaba allí cinco horas. Había intentado llamar a Ernesto varias veces hasta que finalmente consiguió contactarlo por **Zoom**.

—¿Cómo está? —preguntó Ernesto desde la pantalla pixelada.

—Estable. Sedada. Van a tenerla en observación 72 horas.

—¿Y el video?

—Sigue ahí. Ya tiene más de 5 millones de visualizaciones.

Ernesto se pasó las manos por la cara. Se veía demacrado, no había dormido.

—¿Quién puede haber hecho algo así?

Teresa llevaba cinco horas haciéndose la misma pregunta. Y ya tenía una respuesta.

—Alguien que la conoce muy bien.

—¿Margot?

—Margot no. No entiende de estas cosas. Para esto se necesita conocimiento técnico, recursos.

—¿Entonces quién?

Teresa miró fijamente a la cámara.

—¿Quién más tiene fotos íntimas de ella y conoce sus puntos débiles?

Ernesto tardó un momento en entender.

—No puede ser...

—Su ex, Ernesto. Carmen es programadora y la odia por haberse ido contigo.

7. Drafts

Nueva York: 6:00 PM

Draft #1
Título: La mujer viral
Una noche, María Fernández se acostó siendo una periodista anónima y se despertó siendo trending topic...
Ernesto borró el párrafo.

Draft #2
Título: Deepfake
En la era de las noticias falsas, María descubre que también puede existir la intimidad falsa...
Borró.

Draft #3
Título: El precio de la fama
María siempre quiso ser famosa. Nunca imaginó que sería por algo que nunca había hecho...
Borró.

Ernesto estaba sentado frente a su MacBook en su apartamento de Williamsburg, intentando escribir sobre lo que había pasado. Pero cada vez que empezaba, se daba cuenta de que sonaba como un buitre alimentándose de carroña.
Su teléfono vibró. Mensaje de su editor americano.
—Ernesto, hablé con Peter, hemos visto la historia en los medios americanos. ¿Estás escribiendo algo sobre eso? Nos interesaría mucho.
Otra vibración. Otro editor.

—¿Tienes algo sobre la mujer del deepfake? El tema está muy caliente ahora.

Draft #4
Título: Deep
María Fernández.
Ernesto cerró el laptop.

Salió a la terraza. Al otro lado del río, el paisaje de Manhattan se extendía ante él, indiferente.
Abrió **Instagram**. El hashtag **#CubanLesbians** seguía trending. Ahora había memes, parodias, análisis de expertos en deepfakes.
Y él estaba pensando en escribir un libro sobre ello.
Volvió al laptop.

8. Delete

Barcelona: 7:00 PM

Margot había estado esperando la llamada todo el día.

Cuando finalmente sonó el teléfono, ya se había fumado medio paquete de Marlboro y había llorado hasta quedarse sin lágrimas.

—Margot —dijo Teresa—. Tenemos que hablar.

—¿Está bien?

—Está viva. ¿Dónde estás?

—En el Clinic.

—Voy para allá.

Ernesto recibió otra llamada de Peter.

Margot cerró el teléfono y se quedó mirando el video en su pantalla.

Había intentado borrarlo. Reportó la cuenta original. Contactó con **Instagram, Twitter, Telegram**. Pero era como intentar parar una avalancha con las manos.

Cada vez que desaparecía de una cuenta, aparecía en tres más.

Se levantó y fue a la cocina. Abrió una botella de vino tinto que tenía guardada para una ocasión especial.

Bebió directo de la botella.

Su teléfono vibró. Una marca de ropa vegana:

—Hola! Vimos tu post sobre el video. Nos encantaría colaborar contigo en una campaña sobre consentimiento digital.

Margot miró el mensaje. 10K por tres posts.

Lo marcó como no leído.

9. 404

Barcelona: 11:00 PM

María despertó en el hospital con la boca seca y la cabeza como de algodón.

La habitación estaba a oscuras. Alguien había puesto flores en la mesita de noche. Teresa dormía en la silla de al lado, con la cabeza en una posición incómoda.

María intentó recordar cómo había llegado allí. Sus últimos recuerdos eran fragmentados: el baño, el teléfono, las pastillas, Teresa gritando.

Buscó su móvil. No estaba.

Se levantó despacio y fue al baño. Su reflejo en el espejo la asustó: ojeras profundas, labios secos, el pelo como si hubiera metido los dedos en un enchufe.

Por un segundo pensó en hacerse una selfie: "María post-intento de suicidio". Sería viral.

Volvió a la cama y despertó a Teresa.

—¿Qué pasó?

Teresa se incorporó de inmediato.

—¿Cómo te sientes?

—Como si me hubiera arrollado un camión. ¿Qué pasó?

—Te tomaste las pastillas. En vivo. Dos mil personas viendo.

María cerró los ojos.

—Es trending topic.

11:30 PM

María llamó a Margot.

—María, gracias a Dios. ¿Cómo estás?

—Quiero salir de aquí.

—¿Qué dicen los médicos?

—Margot, quiero salir de aquí. Ya.

Un silencio.

—Vale. Dame una hora.

María colgó.

Se levantó, se vistió con la ropa del día anterior y esperó.

12:30 AM

Una hora después, cuando Teresa llegó con los papeles del alta voluntaria, María ya no estaba en la habitación.

La ventana del baño estaba abierta.

En la cama había una nota:

Necesito desaparecer de verdad. No me busquen.

Parte II: Analog

10. Barcelona

Al día siguiente · 8:00 AM
Barcelona: La Editorial
Teresa se encargó de buscar en Gràcia y el Eixample. Margot del Poble Nou y la Barceloneta. Ernesto desde Nueva York, les pidió a todos sus amigos de Barcelona que buscaran a María.

6:00 PM
Se vieron en La Editorial, exhaustos y sin pistas. Ernesto los esperaba en la pantalla del laptop.
—Nada —dijo Teresa, dejándose caer en el sofá.
—Nada —confirmó Ernesto desde la pantalla.
—Nada —dijo Margot.
Teresa se pasó las manos por el pelo.
—Es como si se hubiera evaporado.
—No se puede evaporar en una ciudad como Barcelona —dijo Margot—. Hay cámaras por todas partes, tarjetas de crédito, móviles...
—A menos que no quiera que la encuentren —interrumpió Ernesto desde la pantalla.
Se quedaron en silencio.
—¿Y si se ha ido de la ciudad? —preguntó Teresa.
—¿Adónde iba cuando quería desaparecer? —preguntó Margot.
Teresa respondió:
—A Madrid. Siempre decía que en Madrid era anónima.
Margot la miró.
—¿Crees que fue a ver a Carmen?
Carmen. La ex de María. La que ella había destrozado antes del COVID. Conocía todos sus secretos. Era la única

persona en el mundo que odiaba tanto a María como para hacer algo así.

—Oh, joder —dijo Teresa.

11. Búsqueda

Día siguiente · 3:00 PM
Barcelona: Terraza de La Editorial
Teresa y Margot estaban sentadas en la terraza, bebiendo vino barato y mirando Barcelona atardecer. En la pantalla del laptop, Ernesto observaba la ciudad desde su ventana en Williamsburg.

Habían decidido buscar a María, aunque ella no quisiera ser encontrada.

Ernesto asintió desde la pantalla.

—Tengo su dirección. Vive en Malasaña, en la calle Pez.

—¿Por qué haría Carmen algo así? —preguntó Margot.

Un silencio incómodo.

Teresa habló primero:

—Porque María se acostó con Ernesto cuando Carmen y ella todavía estaban juntas. Y María escribió un artículo sobre «las mujeres que parasitan el talento masculino» que claramente era sobre Carmen. Y porque Carmen perdió su trabajo en la startup después del escándalo.

—Joder —dijo Margot—. No lo sabía.

12. Loop

I

6:00 PM

La luz entraba desde la ventana en un ángulo perfecto, cortando la penumbra con una franja que tocaba el borde de la cama.

Los tacones de María resonaron en el pasillo antes de que empujara la puerta. No tocó.

María pasó frente al espejo de cuerpo entero. Se detuvo un segundo. El vestido negro le quedaba perfecto, como siempre.

Margot la estaba esperando, con la espalda contra la pared, sus ojos oscuros fijos en ella.

María dejó la chaqueta de cuero en una silla, suspiró con lentitud calculada y se pasó la mano por el cuello, un gesto que sabía que Margot adoraba.

6:10 PM

—Hola —le dijo Margot, en voz baja, casi ronca.

—Hola —le respondió María, acercándose.

Margot sonrió sin alegría y fijó la vista en los labios de María.

II

6:20 PM

—Solo vienes a esto —le dijo Margot, cruzando los brazos sobre el pecho. Movió la pierna en un gesto de impaciencia—. Mi perro es más leal que tú.

María ladeó la cabeza y se acercó más.

—Mija... qué pinta tu perro aquí ahora.

Margot apretó los labios y cruzó los brazos. Sus manos se cerraron sobre la tela de su blusa.

—No sé por qué te dejé venir.

María levantó las cejas con una sonrisa que conocía demasiado bien.

III

6:35 PM

Margot se arrodilló. Lo hizo con una entrega contenida, sin urgencia, como quien practica un ritual sagrado.

María no la detuvo. Se sentó en el borde de la cama. La vio acercarse con lentitud deliberada.

Margot cerró los ojos. Se estiró como un gato. Apoyó las manos en los muslos de María, sin presión, sin pedir permiso, porque el permiso estaba implícito en años de deseo contenido.

—Dime que pare —le dijo, pero su voz decía lo contrario.

Solo se oyó el aliento entrecortado de María.

IV

6:40 PM

María llevaba un vestido negro de tela ligera, de tirantes finos y escote recto. Caía hasta sus rodillas. El roce de la tela contra su piel era apenas perceptible.

El aliento de Margot contra el vestido era una caricia sin tacto, que se alargó en el tiempo como una promesa. Margot deslizó sus dedos por el borde del vestido, sintiendo la textura de la tela entre sus dedos, esa delgadez que apenas separaba su aliento de la piel de María.

María dejó caer los hombros, con un gesto que Margot conocía de memoria. El espacio entre ellas se volvió espeso, marcado solo por la cadencia de sus respiraciones, los pequeños movimientos, la tensión creciente.

El deseo crecía entre ellas como una marea. María cerró los ojos. Los dedos de Margot subieron por su cintura con una lentitud tortuosa. Se detuvieron allí, en la incertidumbre del siguiente movimiento.

Hubo una pausa que duró una eternidad.

V

6:45 PM

María bajó la vista y vio a Margot con los labios entreabiertos, las manos apoyadas en sus muslos, los ojos cerrados.

Margot inclinó la cabeza y respiró profundo, como si quisiera memorizar los olores.

El roce se convirtió en presión, el aliento en un pulso acelerado. María, tendida en la cama, echó la cabeza hacia atrás. El tiempo se detuvo en ese instante, en el borde del abandono total.

—Es como si ya supieras cómo hacérmelo —le dijo María, con un hilo de voz.

Margot deslizó otra vez las manos hacia el torso de María, hundiéndose bajo la tela del vestido. Se cubrió la cabeza con él, se hizo un refugio íntimo en aquella penumbra.

María sintió el calor atrapado, la respiración irregular de Margot contra su piel. Un escalofrío la recorrió de pies a cabeza, su espalda se arqueó involuntariamente, sus manos se aferraron a las sábanas como si fueran un ancla.

6:50 PM

No fue un espasmo violento, sino una rendición contenida bajo la luz dorada de la tarde barcelonesa.

María sintió que algo se abría dentro de ella. Su cuerpo se dobló hacia delante, atrapado en la tensión de un momento infinito, luego cedió. Se aferró a las sábanas, incapaz de detener el temblor.

Un gemido ronco. Luego un silencio.

Sus manos bajaron con urgencia hasta Margot, atrapándola con un tirón, necesitándola.

7:00 PM

—Mírame —le dijo Margot, todavía de rodillas.

No se movió. No reclamó más. Se quedó allí, respirando contra la piel húmeda de María.

VI

7:35 PM

María abrió la boca, pero no dijo nada. Se apartó lentamente.

Margot no se movió. Esperaba un gesto, una palabra, algo que nunca llegaría.

—Vete —dijo Margot finalmente, sin mirarla.

7:40 PM

María cogió su chaqueta de la silla, se la echó al hombro. Sacó su teléfono del bolsillo y cruzó la puerta sin mirar atrás.

Margot la siguió con la vista hasta que desapareció.

7:45 PM

María salió del edificio. El Sol de la tarde le dio en la cara al salir a la calle. Se pasó la lengua por los labios, saboreando todavía a Margot. Abrió **Instagram**. Vio un Story de Teresa. Una foto del Caribbean Club, con un vaso de ron a medio terminar.

Deslizó el dedo por la pantalla sin pausa. Su mirada pasó por los mensajes, pero no escribió nada.

13. Flashback

1988. La Habana

María tenía diecinueve años y acababa de empezar Periodismo. Su relación con Margot se convirtió en algo que ninguna de las dos había anticipado.

Se conocían del Pre Saúl Delgado, con aquellos uniformes de milicianas y los campos de tiro. Habían estado en la misma aula, pero nunca se habían hablado realmente hasta aquel día en la biblioteca.

Se veían en el Malecón al atardecer, cuando el Sol era dorado. Margot llevaba siempre un cuaderno negro donde escribía poemas que solo le leía a María. María llevaba una cámara soviética con la que fotografiaba todo.

Estuvieron así tres años. Encuentros clandestinos, cartas que quemaban después de leer, besos robados en la azotea de Margot.

Dejaron de verse cuando María decidió que quería ser periodista de verdad y Margot decidió que quería irse de Cuba. La última vez que se vieron fue en el aeropuerto. Margot iba a México. María se quedaba.

No se dijeron adiós. No hacía falta.

14. Calles

Nueva York: 8:00 PM
Ernesto caminaba por las calles de Brooklyn sin rumbo fijo.

Había dejado de buscar a María y ahora deambulaba, esperando entender algo. O esperando que el tiempo lo ayudara a procesar lo que había pasado.

Pasó por el bar donde se veían. Por el café donde desayunaban. Por el banco del parque donde corría la brisa.

Ahora, viendo cómo María había sido destrozada en público, Ernesto se daba cuenta de que la había amado más de lo que había creído.

O quizás solo se daba cuenta de que la había protegido menos de lo que debería.

Su teléfono vibró. Un mensaje del editor.

—¿Has podido hablar con Peter del libro?

Ernesto se detuvo en medio de la acera. Alguien lo empujó al pasar.

Llamó al editor.

—Dime.

—No voy a escribir sobre María. No voy a escribir sobre esto —repitió dos veces, como para convencerse a sí mismo, y colgó.

Apagó el teléfono y siguió caminando.

15. Plaza

Barcelona: 9:30 PM
Teresa estaba sentada en la Plaza del Sol, en Gràcia.
Había algo en esa plaza que siempre le había gustado. La gente se sentaba en círculos, bebiendo cerveza comprada en un Paki, hablando en catalán, castellano, inglés, todo mezclado, sin estar pegados a los teléfonos.

Teresa era de la última generación que recordaba el mundo de antes. Tenía veintiocho años. Recordaba los veranos sin wifi, las fotos que se revelaban semanas después, las llamadas desde cabinas.

Pero también había tenido **Instagram** desde los trece años. Había pasado su adolescencia poniendo su vida en stories que desaparecían en 24 horas.

Sacó su teléfono pero se detuvo antes de abrirlo.

Compró una Estrella Damm en un Paki y se quedó sentada, viendo a la gente hablar, reír, existir sin **Instagram**.

16. Puerto

Barcelona: 10:00 PM

Margot terminó en el puerto, mirando el mar oscuro.

El Mediterráneo no se parece al mar de La Habana. Le parece más pequeño, más domesticado, menos épico. En Cuba el mar era una promesa y una prisión. Aquí era solo agua.

Pero sigue siendo mar. Y el mar siempre la calmaba.

El mensaje que le había mandado a María seguía sin respuesta: «Ven». Leído a las 7:46 **PM**.

Sus manos todavía temblaban. Seguía con el sabor de María en su boca.

Durante años se habían mandado indirectas y mensajes ambiguos, manteniendo viva una llama que nunca se apagó del todo. El deepfake le había mostrado lo que ella había imaginado tantas veces en la soledad de su apartamento.

Y luego María había aparecido en su puerta esa tarde. Ojeras profundas, manos temblorosas, esa mirada salvaje que Margot recordaba del Saúl.

Margot cerró los ojos. Vio a María entrando, quitándose la chaqueta, acercándose. Vio sus propias manos temblando. ¿Quién había dado el primer paso? Ya no importaba.

Su teléfono vibró. Un mensaje de Carmen.

—He visto las noticias. Espero que María esté bien. Sé cuánto la quieres...

Margot se quedó mirando el mensaje.

17. McDonald's

Barcelona: 11:00 PM

Se encontraron en el McDonald's de Las Ramblas. Teresa había llamado a Margot y tenía a Ernesto por **Zoom** en el móvil.

—Esta mierda está fría. Pinga, qué asco —dijo Teresa, mordiendo una papa frita.

—Teresa, María podría estar muerta —dijo Ernesto.

—No seas dramático. Si estuviera muerta no habría borrado su última story. Mira —sacó el teléfono—, Ana se hizo bótox. Se le nota en el entrecejo.

—María no quiere que la encontremos —dijo Margot.

—¿Cómo lo sabes? —preguntó Ernesto desde la pantalla.

—Porque nos conoce. Sabe dónde la buscaríamos. Si quisiera que la encontráramos, estaría en el Boadas o en la plaza de Madrid.

Teresa asintió. Se pasó los dedos por el cuello donde todavía tenía marcas rojas de esa tarde.

—Margot tiene razón. María sabe cuidarse.

—¿Entonces qué hacemos?

—Esperemos un poco —respondió Teresa—. Y mientras tanto, encontramos al que hizo el video.

Teresa habló de su teoría sobre Carmen. Margot asentía en momentos precisos, pero sus ojos estaban fijos en la mesa, perdidos en otro lugar.

—Ernesto —dijo Teresa—, ¿tú sabes cómo acabó la historia entre María y Carmen?

Ernesto suspiró desde la pantalla.

—Mal. Muy mal. Carmen nunca la perdonó. Y María puede ser muy cruel cuando quiere.

18. Noche

Barcelona: 2:30 AM

María entró en La Editorial. Miró alrededor, observando los libros en las estanterías, los muebles desgastados, las fotos en las paredes.

Se sentó en el sofá sin decir nada.

—¿Dónde coño has estado? —preguntó Teresa, abrazándola con fuerza.

—Por ahí.

—María —dijo Margot—, tenemos que contarte algo.

Le explicaron su teoría sobre Carmen. Los billetes a Madrid. El plan de confrontarla.

María las escuchó.

—No —dijo cuando terminaron.

—¿No qué?

—No vamos a hacer eso.

—Pero María...

—Óiganme bien. Los últimos días han sido horribles. ¿Y ustedes quieren más de lo mismo?

Se levantó y empezó a caminar por la habitación.

—Pero haríamos justicia —dijo Teresa.

—¿Justicia? Sería armar más espectáculo.

Margot se acercó a María.

—¿Entonces qué propones?

María sonrió por primera vez en días:

—Dejemos de alimentar a la bestia.

19. Manuscrito

4:00 AM

Mientras las otras dormían en los sofás de La Editorial, María se quedó despierta escribiendo a mano. En un cuaderno Moleskine que encontró en un cajón.

Escribió la historia real. sobre la soledad del exilio. Sobre cómo había dejado Cuba con una maleta y un pasaporte español heredado de su abuelo. Sobre los primeros años en Barcelona, sirviendo copas en bares, escribiendo artículos que nadie leía.

Escribió sobre los amores perdidos y reencontrados y vueltos a perder. Sobre la búsqueda desesperada de relevancia en un mundo que te olvida en un scroll.

Escribió sobre Margot, sobre cómo habían sido una vez dos jóvenes enamoradas en La Habana que creían que el amor era suficiente para sobrevivir a cualquier cosa. Sobre cómo se habían reencontrado en Barcelona y habían descubierto que el amor no era suficiente, que nunca lo es.

Escribió sobre Ernesto, sobre cómo habían construido algo que él llamaba «compañía» pero que había sido incendiario, lo más hermoso y destructivo que ella había vivido. Sobre cómo Ernesto la buscaba vanamente en mujeres más jóvenes, intentando recrear algo irrepetible.

Escribió sobre el momento en que había decidido hacer el livestream. Sobre cómo, en mitad de la humillación más absoluta, había sentido por primera vez en años que existía. Aunque fuera por las razones equivocadas.

A las 6 **AM**, cuando salió el Sol sobre Barcelona, María tenía 47 páginas escritas a mano.

20. Return

8:00 AM

Teresa se despertó primero y vio a María dormida sobre el cuaderno, con el bolígrafo todavía en la mano.

Leyó las primeras páginas por encima del hombro.

Era lo mejor que María había escrito nunca. Crudo, honesto, devastador.

Teresa despertó a Margot con cuidado.

—Tenemos que hablar —susurró.

Se sentaron en el suelo de la cocina.

—María ha escrito toda la historia —dijo Teresa—. La historia real.

—¿Podemos leerla? —preguntó Margot.

—Pueden —respondió María, despertándose—. Pero antes tienen que prometerme algo.

—¿Qué?

—Que después de leerla, la quemamos.

Margot cogió el cuaderno con cuidado, como si fuera algo sagrado.

—¿Puedo?

María asintió.

Margot empezó a leer en voz alta:

—Esta es la historia real...

El día que Teresa me mostró dónde escondía los gramos, llevaba un bolso de Loewe nuevo.

—El trabajo tiene sus beneficios —dijo riéndose.

Margot grababa todos sus polvos en el móvil, decía que era para recordar quién valía la pena. Ernesto leía a Bolaño en voz alta y después escribía las mismas frases cambiando dos palabras.

Y yo... yo nunca subí una foto sin calcular la luz. Nunca. Ni siquiera las que parecían accidentales.

Parte III: Reset

21. Reading

10:00 AM

Margot tardó una hora en leer el manuscrito completo en voz alta.

Cuando terminó, Teresa estaba llorando. Ernesto miraba la pantalla sin parpadear. María se mordía el labio. Margot necesitaba un cigarro.

—Joder, María —dijo Ernesto—. Me has retratado como un gilipollas narcisista.

—Eres un gilipollas narcisista.

—Ya, pero con matices. Me gustó esa parte.

Teresa se sonó la nariz con una servilleta.

—Pinga, María... la parte sobre mi madre. No sabía que te habías dado cuenta.

—Todos nos dimos cuenta —dijo Margot.

—Sí, pero nadie dijo nada. Como cuando vendía y todos hacían como que no sabían. Hipócritas de mierda.

Se sonó la nariz.

—Perdón. Es que... pinga, qué heavy esto.

María se levantó y fue a la cocina. Volvió con el mechero de la estufa.

—¿Qué haces? —preguntó Margot.

—Lo que hay que hacer.

—Espera, espera —Ernesto acercó su cara a la cámara—. Ese manuscrito es oro. Podríamos...

—¿Venderlo? ¿Publicarlo? ¿Convertirlo en un podcast true crime?

—Estaba pensando más en guardarlo. Como... no sé, prueba de que existimos.

—Existimos sin necesidad de pruebas —María encendió el mechero—. Y si lo guardo, en dos semanas estaré tentada de mandárselo a alguien. En un mes, de publicarlo. En un año, de usarlo como arma.

—¿Y si lo guardamos nosotros? —sugirió Teresa.

—¿Tú has guardado algún secreto en toda tu vida?

Teresa bajó la mirada.

María le prendió fuego a la primera página. El papel ardió más rápido de lo esperado.

Tuvieron que abrir las ventanas por el humo.

22. Truth

10:30 AM

Después de quemar el manuscrito, María abrió WhatsApp.

—Tengo que enseñarles algo.

Les pasó el teléfono. Una conversación con alguien llamado Alex Ruiz. Miami. Cientos de mensajes.

Teresa leyó en voz alta:

—Nunca quise que llegara tan lejos. Era solo una broma. No sabía que se volvería viral...

—¿Quién coño es Alex Ruiz? —preguntó Ernesto desde la pantalla.

Margot había dejado de respirar.

—Es mi primo —dijo—. Vive en Miami. Trabaja en tech.

—¿Tu primo? —Teresa casi grita—. ¿Tu puto primo hizo esto?

María scrolleó más.

23. Keywords

Seis meses después
Nueva York: Oficina de Peter Hernández, planta 47
La oficina era un acuario de cristal con vistas al Manhattan más crispado y vertical. Ernesto tiraba nervioso de las mangas del traje nuevo. Frente a él, Peter y dos editores de Random House hablaban.

—El engagement con el hashtag **#CubanLesbians** fue absolutamente estratosférico —decía la editora, una mujer de gafas arquitectónicas que nunca parpadeaba—. El asset principal es la autenticidad del trauma. Necesitamos reforzar esa narrativa en el marketing.

Peter abrió el manuscrito de **Deep** en su **iPad**:

—Esta primera línea, Ernesto. "La primera mentira fue el silencio. El que guardé cuando tenía que hablar." Es perfecta. Suena completamente auténtico, como si María misma lo hubiera escrito.

Ernesto tragó saliva.

—Es que... intenté captar su voz.

—Lo lograste —dijo el joven de veintitrés años, AirPods colgando del cuello—. «Violación» tiene un alto índice de búsqueda, pero «resiliencia» genera más conversión. Proponemos un arco narrativo de «víctima a superviviente». Funciona muy bien entre los antiguos hipsters.

Barcelona: Apartamento en el Gótico
María abrió un cuaderno de papel verjurado. Su Pilot arañó la superficie.
La página seguía en blanco.

Nueva York

—Hemos preparado un moodboard completo —la editora señaló la pantalla gigante—. Azules fríos, un acento de rojo sangre. Queremos que el lector sienta que está ante «literatura seria».

—Leamos otro fragmento —Peter scrolleó en el iPad—. «La segunda mentira fue la palabra. La de quienes dijeron contar mi historia para "darme voz", cuando en realidad solo amplificaban las suyas.»

Los editores asintieron, impresionados.

—Es meta —dijo el joven—. Muy meta. A los lectores les encanta estas mierdas autorreferenciales.

Nueva York: Rueda de prensa

Ernesto frente a los micrófonos. Las cámaras destellaban.

—No se trata de explotar un dolor —ajustándose el micrófono por tercera vez—. Es un acto de testimonio. Para que ninguna otra mujer tenga que pasar por esto.

Un periodista levantó la mano:

—¿Puede leer un fragmento?

Ernesto abrió el libro. Su propia voz leyendo sus propias palabras disfrazadas de María:

La mentira final es creer que una historia contada te libera. Solo te encadena a una nueva versión de la misma celda.

Aplausos.

24. El contrato

Nueva York

Ernesto firmó el contrato en la oficina de Peter. El documento, grueso y lleno de cláusulas incomprensibles, cedía los derechos de la historia durante quince años, en todos los formatos existentes o por existir.

Peter le sirvió un whisky de malta.

—Felicidades, Ernesto. Acabas de convertirte en un escritor de verdad.

—Es la historia de María la que importa —corrigió Ernesto.

—Claro, claro —le respondió Peter, ya revisando su siguiente cita en el móvil.

Barcelona

Teresa encontró a María en la cocina de su apartamento, preparando café.

No había dicho una palabra sobre el libro de Ernesto. No hacía falta.

—Margot llamó —dijo Teresa—. Preguntó si querías ir a cenar.

—Dile que sí —respondió María, sin levantar la vista del café que subía lento, oscuro y aromático—. Pero que venga para acá con nosotras. Hoy no tengo ganas de salir.

25. La portada

Tres meses después

Ernesto recibió por email el diseño final de la portada de Deep. Era una imagen estilizada: el rostro de una mujer fragmentado en píxeles, con una lágrima digital deslizándose por su mejilla.

No era María. Era un rostro genérico, una mujer que podría ser cualquier mujer.

Miró el diseño durante tres segundos. Lo aprobó sin cambios.

Barcelona

María, Margot y Teresa caminaban por la playa de la Barceloneta. Hacía Sol.

Recogieron conchas. Se rieron de un perro que perseguía las olas sin alcanzarlas nunca. Comieron paella en un chiringuito de toda la vida.

Eran tres amigas junto al mar.

26. Lanzamiento

El día que Deep salió a la venta, Ernesto se despertó con el zumbido constante de su teléfono. Las reseñas eran unánimemente elogiosas. «Valiente». «Necesario». «Una autopsia brillante de la violencia digital».

Dio entrevistas para la NPR, el New York Times, la BBC. Explicó con elocuencia la psicología de la víctima, la sociología de la viralidad, la filosofía de la identidad en el siglo XXI. Se oía a sí mismo y casi se creía sus propias palabras. Era convincente.

Barcelona

María entró en una librería del Raval. Allí estaba. Una pila de libros con una portada pixelada. Deep, de Ernesto Ramírez.

Lo tomó en sus manos. El papel era grueso, de calidad. En la contraportada, una foto de Ernesto con mirada grave de intelectual comprometido.

Cerró el libro con cuidado y lo devolvió a la pila. Pagó el poemario de Anne Carson que había ido a buscar y salió de la librería.

En la calle, el Sol de la tarde le dio en la cara.

Caminó despacio a su casa.

Glitch

Un seis meses después del lanzamiento
Un archivo .txt apareció en un foro de la dark web.
Fragmentos desordenados. Sin contexto.

... Margot, Teresa y yo pasamos el día en la playa.

Los abogados de Peter lo hicieron desaparecer en tres horas.
Algunos decían que era un cuaderno de María.
Otros, que era marketing viral.

El libro de Ernesto estaba en las mesas de saldos.

Fin

Printed in Poland
by Amazon Fulfillment
Poland Sp. z o.o., Wrocław

69305498R00044